むかごの貌

Michinobu Kotani

小谷迪靖句集

ふらんす堂

むかごの貌／目次

句集
むかごの貌

氷頭膾

二〇一七年

鶏鳴や酉の鶏日それなりに

見越松の冠木門とぢ鳥総松

喜寿にして賀状増えたる寿

鱈づくし先づお澄ましの白子から

寒紅やみとりしひとの肝斑の数

誰がつけし釈迦の鼻糞かたじけな

今年また鶯餅のその頃に
椿落つるほかはときをり駒の音

啓蟄のＩＣＵから出で欠伸

ＩＣＵ＝国際基督教大学

芽柳の有楽町で逢ひませう

歳とりて見ゆるものあり諸葛菜

春の風邪粥に命の塩昆布

悼

我孫子から西むかひたるてふひとつ

高野ムツオに「桜とは声上げる花」のあれば

フクシマの花の声聞く花見山

花冷の畳足裏に弔上げす
ヒヤシンス煙草やめればよきものを

新しき閼伽桶備へ花樒

入社しき銀座に燕飛びしころ

花楓世心ときに杏として

二段跳びに石段上がる居開帳

朝採りの筍まづは刺身にて
たらればのけふもをはりし柏餅

奥会津ことに若葉の山毛欅林

ゴールしてとよむ薄暑の馬煙

パドックに見入る日傘をみてゐたり

死のやまひ心は病まず朴の花

夕空にあはきあふちの花知覧

天ぷらのわれに穴子を君に鱚

蚊帳の子の蛍のにほふたなごころ

芒種はや家具入れ替へて京町屋

父の日に姪のくれたる黒あふぎ

人妻とはたとへば烏瓜の花

子規の句に傾城あまたねぶの花

サングラス外せばタモリ美男かも

八月来日本におもきとはの日々
をそはりて老いの鶴折る原爆忌

水垢の岩のぬめりも涼新た

ちちははにににんのりなる瓜の馬

みづごにはすこしこぶりの茄子の牛
濡れ縁に畑のものを盆用意

僧を待つ精霊棚を組み上げて
いちもつのなごりそれなり生身魂

罪ふかき身を稲妻にうたれけり

冬瓜のワイン・ゼリーのしたてとは

たまゆらの幸《さき》く寛《くわん》解《かい》雁渡し

敬老日ひとりの膳に氷頭膾

次はいつ火星近づく南洲忌

枕辺に八重の挿したる稲穂かな

鞆の浦藻に棲む虫のなくからに
待つといふよきこといまも草の花

角打やけふありがたき新走り

夕さりて穭の棚田星峠

小布施栗もう渋皮煮できませぬ

吟行の紅葉さておき寄る出店

しかうしてあさきゆめみしかにかく忌

遠拝みして一山の冬もみぢ

木枯の吹く夜聖者がやってくる
生牡蠣を食うて笑顔のもどりけり

留守電に在りし日の声冬桜

しけ去りて海鼠日和の若狭かな

皿鉢料理でんと真中の松葉蟹

冬霧にこつぜんと現れ五重塔

丈六の不動明王煤日和

皮蛋

二〇一八年

初湯してベロハタカラと声高に
切るほどにのびてをらねど薺爪

出方さんへ少し多めのお年玉

桝席やはからずもけふ大鵬忌

ただ寒しかく玉川に佇めば
天狼や名馬かざりしラストラン

霊園に日のあまねしや冬木の芽

皮《ぴー》蛋《たん》に紹興酒漬け大根も

その先にはつかな望み冬すみれ

避寒から戻れば門の梅咲きて

とは言へどバレンタインのチョコレート

ひと雨で草駒返る墓前かな

参道の真中歩まず彼岸婆

國分寺鷹の化したる鳩一羽

夕やみの畷《なはて》を墓へ田螺鳴く

庭隅のいささむらたけたびら雪

おさがりのゴム靴滲む雪解道

天上は退屈なりと告天子

さざなみの堅田夕さる初諸子

春ぼこりかぶりて仁王國分寺

みそかごとかなふこよひのおぼろ月

西あきこ一周忌

天上にチェロの流るる春の月

しかすがに安房の頼朝桜かな

句集祝の伝八笠の桜鯛

忖度も勤めのいろは初仕官
聖堂の屋根の緑青おきまつり

戦車描きたんぽぽ添へる入学児

「アメリカンファーマシー」にゐ昭和の日

九相図のうゐのおくやま忘れ霜

椎落葉句集だしたる夕ごころ

たまらん坂越えきてみれば花は葉に

青葉寒お清め塩をふところに

逆縁の伯母の手をひき薔薇展へ

師曰《のたまは》く「比喩は促し」朴の花

山百合の一輪はさみ子と母と

二タ月でネットの古書に黄《くわう》雀《じやく》風《ふう》

祝　榎本好宏第十句集『青簾』

神代からよき言の葉よ青簾

地震のあさ郵便箱のかたつむり

吹上を見をればふいに止まりけり

池に身を清める小町二重虹

寿ぎの箸は雷除け一位の木

祭り笛風にのりくる競馬場

かちどきの汗の光を青鹿毛馬《あをかげば》
くらやみの間歩に滴る音しかと

楙茂る樹上にひそむ人攫ひ
ジョガーきてオーデコロンとすれちがふ

こりこりと千曲川《ちくま》のかをり洗鯉

昼寝覚尊師に蹤きて与謝峠

指涼し名人の初手2六歩

大接近の火星に雹の降りゐたる

病めるより悪妻でよし茄子の花

しのび手に腐草蛍となる夜かな

登りきて投《なげ》入《いれ》堂《だう》の涼しさに
かやつりやとほくなりたるたらちねよ

少年の一人はなれて御祓川
おこしやるあふむけの蟬石畳

大ひでり月の向かうの甲子園

烏瓜の花読みかへしゐる「悪の華」

翳のあるひとに魅かれぬ葛の花

のど自慢の鉦の音さへ秋めきぬ

大西瓜持ち重りして浜辺まで

霊園に蝉のこゑなき原爆忌

墓参りがてらに拾ふ橡の実よ

牛乳をココアで割りぬ獺祭忌

たたなはる多摩の横山初もみぢ

敬老の日や起きぬけの大放屁

襟裏につけてもらひぬ赤い羽根

余生いましをりのやうに吾亦紅

老いて母小鳥のごとく新米を
月光に濡れてダナエは檻の中

つぎの世は花野にあそぶ虫ならむ

オハヤウと鸚哥とかはす秋のこゑ

ひとつとて同じ貌なきむかごかな

悪友とまはし喫むもく村祭り

ユトリロの白き街並み黄落期
バーボンのあてによろしき干柿よ

負け牛をさすりゐる勢子隠岐の秋

輓《ばん》曳《えい》のをはりせつなき秋夕焼

四日目に最後の仕上げ松手入れ

秋ともしシャンソン歌手の黒づくめ

山茶花やうづくまる浄閑寺

二の酉の浅草に買ふ爪切りよ

雪蛍ひとつ見たればもうひとつ
綿虫の飛びたつときに羽ばたけり

小春日や命僅《はつ》かの猫とゐて

寒鰈ときけば直ぐさま呉れといふ

注連の幣なべて古びて年つまる

大臼をせえので起こす年用意

二タ月の橡のあくぬき霜月尽

人の死も庭の落葉のごときもの

迷ひ箸してしまひけりおでん鍋

暖炉燃ゆ反故となりたる血統書

落葉踏む國木田独歩の散歩道

母よりも義母に値のはる肩掛けを

寸胴切されたる冬の欅かな

生牡蠣やオペラハウスをまなかひに

裏庭の落葉の時雨ここだくも

九絵

二〇一九年

目覚むれば命ともりぬ初明り

老斑のこんなところに初鏡

初詣鳥居の上の石の数

松過ぎや夫子のこして入院す

かたまつて煙草喫うてる寒さかな

白蛇ゐし本殿の裏落葉積む

まづ大根しめもだいこやおでん酒

忘《もう》己《こ》利《り》他《た》と何度も言ふも寒苦鳥

さながらに木鶏たりぬ竜の玉

着ぶくれの尻にしかれし裳裾かな

大北風にうちはのごとき松が枝よ

板塔婆のにはかに鳴りぬ空つ風

ひともとの藁しべ蔵し軒氷柱

こそあどに応へこそあど日脚伸ぶ

はぢ多き来しかたなれや梅真白

はうれんさう根元の赤が美味いのに

雛の餅菱の形してそれなりに

土筆入り深川飯を家伝とす

妻亡しの空の青さよ四月馬鹿

富士霞む朝の重湯のありがたや

老いひとり病床に臥すおぼろかな

春の海鷗のほかはわれひとり

生を享けよき名授かり初ひばり
振り米をのちに伝へよさしも草

デージーが好き長命菊と聞けばなほ

九絵食うて白浜海岸月おぼろ

老桜に喘はれてゐる花疲れ

白亀のゆらゆら游《およ》ぐ放哉忌

蛙の子ゐさうな水辺蛙《ひき》の傘

新元号あまねく花の大《おほ》八《や》洲《しま》

川あれば村あり山に藤の花

夏場所や令和しるせる御免札

利休梅われ御陀仏となる令和

日高川わたるや初夏の道成寺

をりとりて傾城のこと桐の花

PならばQひとつばたごの花さけり

誰にあふわけでもなくて更衣

長靴の吟行の列山毛欅若葉

鶏のすこしざわめく入梅かな

八橋のたもとに群れて燕子花

本棚の写真の妻も更衣

瑞《みづ》垣《がき》の久しき泉著莪の花

五月闇京都に数の血天井

さなだに山刀《なた》伐《ぎり》峠《たうげ》閑古鳥

夜もなほ青葉いきれにつつまれて
思ひ残すことひとつへり葛桜

サングラスかけても高古美智子さま
十一やみたらし川に佇めば

をりからの青葉しぐれにぬれにけり
走馬灯つばめのごとき馬なりき

水つけてためしにあふぐ水団扇

射《ひ》干《あふぎ》やとりどりに花それなりに

帰省して仏間に寝たる蚊遣香

今年またひと日おくれの鰻飯

盆道はむかし軽便鉄道路
大一番ぞ勝てよ女子よ草相撲

夕されば芙蓉の花芯にほひけり
石畳を鞄がらごろ曳く残暑

たとふればば選にもれたる秋桜

彼岸花いい奴なりきと言はれても

枝豆やさはさりながらだだちゃ豆

信濃路の風に真赭の芒かな

つるもどきこころの老いもこのところ

林檎むく三等分に手なれきて

日光写真赤よりも好き青バット
小春日のい行くどんかう伯耆富士

ボディビルらしきことせり憂国忌

炉火恋し今宵あの店行きますか

凍蝶のやうにとト書息白し

キャンパスのわが青春よ蒼鷹《もろがへり》

地球儀にラガーのサモア探しけり

老驌《せん》馬《ば》人懐こきや冬日向

定家煮

二〇二〇年

寅さんをみて初湯して二日なる

ウォッカぞよピロシキにせよ餅間

炭《すみ》斗《とり》の渡り廊下を摺り足で
いけ炭に母のいましめありにけり

誕生日鮟鱇汁の一人鍋

鎌倉に梅を探しに来しものの

あたら夜の静かな雨の寒明忌
子どもらが先づ気づきたり木の根明く

わらび餅われ書きし字の読めなくて

菜の花忌測りしごとき穴太積《あなふづ》み

本とぢて行かうよ共に春の海

つぶやきの発句のやうに春の雪

句作りのアウフヘーベン春の月

その先に赤ちゃんポスト灯おぼろ

心字池万のかはづの戦あと

お鈴《りん》けさ余韻ひびけり春の雪

寄席はねて桜隠しの池之端
禁足の翌《あす》なき春の渋谷にゐ

嘯《いそ》嘆《なげ》きまた風に乗り消えにけり
天上の野がけの妻へ玉櫛笥

蛍烏賊歯に食ひあてし数の目よ

夏来る衣《そ》通《とほり》姫《ひめ》のやうに婭

忍び音を聞かむとしばし花うつぎ
カルメンの銜へたる薔薇血のにほひ

従姉の通夜は蛍の里でありにけり

掌にとりて瓜の匂ひの蛍かな

蚊帳の中蛍放ちて三姉妹

黴びたまふ毘沙門天の阿弓流為《あてるい》似

悼　黒人ジョージ・フロイドさん

黙祷8分46秒苺《ストロベリー》月《ムーン》

けふもまた夕虹立ちぬでんでら野

かこつ身の浅き眠りの不如帰

虹見えて音の近づくナイアガラ

夕立後のビルの匂ふや五番街

天上に抱き行かばやねぶの花

秋あかね子返し塚の石ひとつ

胃瘻食の猫あくびする鯊日和

思案して芒のごとく秋の風

ごんぎつね芒の中に消えにけり

ペンギンの塒へ急ぐ月明かり

書痴の父庭に出てゐる竹の春

鯊の秋こよひ藻塩で定家煮を

吊革の三角形にある秋思

長き夜や俳句中毒もしかして

満月の望に見えぬよ老いけらし

北塞ぎダミアの「暗い日曜日」

われオタンチン・パレオロガス漱石忌

どこからか施せところ枯尾花
スパンコールの胸ぐり深き聖夜

笑つてますかと寒中見舞はれる

漉油

二〇二一年～二〇二二年二月

一つ家に住むもえにしや嫁が君
わが部屋に入りしふしあり嫁が君

判決は処払ひよ嫁が君

あだしのに煙ひとすぢしぐれ虹

病める師に与へよ力寒牡丹

侘助や医師への謝礼いかにせむ

冬晴の兄の死顔にをののけり

錐もみをして堕つるかに鴨一羽

亡き兄の書架のかちんこ冬日浴ぶ

発車ベル九秒間にある余寒

望まねど来る誕生日梅佳節
男雛右に置き換へたるは誰

雛段の端におはすはアマビエぞ

切々と庖丁研ぐや春の川

井戸べりに裏返しの笊田芹飯

漱石に子規にそれぞれ鐘霞む

百千鳥伴死支考の勉強会

落椿対局室を響《とよ》もせり

重篤の夫に陰膳蜆汁

セ・ラ・ヴィーと呟き逝けり風信子

大声が短所と答へ入社せり

阿兄との黙契ありし麦の秋

さういへば吾が人生も空走《むだばし》り

空走りの遊びせんとや生まれけん

妹の棺に出羽のさくらんぼ

散骨の夏潮に乗りアラスカへ

ふびんにも施設に送る時鳥

白雨きて妹のたましひ攫ひけり

わが妹にしでの田長の啼くことよ

飛魚や疎開の母のムニエール

飛魚とんで隠岐へ光芒走りけり

何処からか「乙女の祈り」蟻地獄

汝はかはゆいぞ蠅虎《はへとりぐも》ぞなもし
龍神のゆばりもかくや滝しぶき

令和の禍ならはしならば嘉《か》定《ぢやう》喰《ぐひ》

秋の声ならば蜩にしくはなし

三井寺の鳥羽絵ゆかしき放屁虫

老人が道路掃きをる敬老日

十円のたふとかりけり赤い羽根

稲淬火の跡にころりと炭の諸

さやけしや妻に戒名位牌なく
露の世に残して逝きぬかちんこよ

薄皮をむけば銀杏甕覗

食卓に檸檬切らさぬ母なりき

金剛のごと勝栗の仕上がれり

兄の骨父母の合間にけふ小春

生牡蠣やレモン絞ればぴくとせり

鞦韆から壺の碑冬の星

ひとすぢの狼煙上がりぬ寒昴

グアム島にのこされし兵冬銀河

北の地で寒月仰ぐめぐみさん

寝酒とす妻の遺せし養命酒

童貞聖マリア無原罪の御孕《おんやど》りの祝日《いはひび》レノン死す

歯ブラシを咥へてをりぬ初鏡

もしかして左利きかも雪女
二月はや確定申告急かさるる

建国祭回転寿司の誕生日

難民にライオン交じる春寒し

老い痴らふすいじせんたく春の風

妹も呑まれし施設霞けり

花木瓜におされ別れを決めにけり

まのあたり手抜き工事や木瓜の花

鶏の鳴き声までも啄木忌
鶯を鳴かせしことも鐘かすむ

母《かか》さまに聞かされしうた啄木忌

悼　榎本好宏師　十句

肝に銘ぜよ二月二日は好宏忌

接したる可惜謦咳息白し

いづくから風の鶴《かく》唳《れい》夕まぐれ

くらがりに供養の水仙たむけけり

春立つや辞世となりたる「千の嘘」

聞かれけり芽吹き未だかと澆油

酒星の瞬ききはや尊師逝く

春北斗シルクロードに今ごろは
みづうみに日だまりのあり鳥帰る

合歓咲けば好宏の意を思ふべし

あとがき

第一句集『こばしま』（二〇一八年四月）に続く第二句集です。二〇一七年から「航」榎本好宏主宰が亡くなられた二〇二二年二月までの三五六句を収めました。

集名「むかごの貌」は集中の「ひとつとて同じ貌なきむかごかな」から採りました。幼少時に疎開先で零余子に出会い、空腹だったこともあってか一口食べてえも言われぬ味のとりこになりました。今でも季節には毎日晩酌のあてに茹でた零余子を数粒頂いています。前句集にも「一粒の零余子のごとき漢にて」と自身を詠みましたが、いぶし銀のような零余子に心から惹かれています。

本書を上梓するきっかけは榎本好宏先生の謦咳に接する機会が無くなったことです。師の掲げられた「航」のこころざし「（前略）おのおのが持つ、無意識下のやわらかい自己の発現をめざす」を完全に理解し全うし得なかった不肖の弟子としては、道標を見失いました。しかしながら幸にして拙句「余生いましをりのやうに吾亦紅」と「天上の野がけの妻へ玉櫛笥」を褒めてくださいました。多少とも「こころざし」に適っていると激励してくださったとありがたく理解しています。合掌。

抹香臭い話になりますが、この数年間に身内を次々に失う不幸にも見舞われました。二〇二〇年一二月に実兄が急逝。その翌年の五月には、妻の死後も家族どうぜんに同じ屋根の下で暮らした妻の妹を看取りました。その二か月前の三月にはその妹の夫が病死したばかり。この一月には三つ違いの実弟に先立たれました。

私もさすがに心身共に疲れ何事も手に付かない日々が続きました。そんな時救いになったのはコロナのせいで盛んになったオンライン句会です。服喪中の身には特に助かりました。ラインに出詠さえすれば済むのですから。周りの句友の方々の激励にも助けられました。今は亡くなった兄弟や義妹の分まで長生きしなければと思っております。体力面では寄る年にはかないませんが、中年のころから何事にも「ヤング・アト・ハート」を信条としてきましたのでその気力で生きて行く積りです。

矢野景一先生のお名前は「杉」のよしみで前師からも伺っており、二〇一七年に先生が「海棠」を立ち上げられると榎本師の許可を得て購読会員になりました。そうして、二〇一八年の「海棠」秋号の「春風秋収」に『こばしま』の書評を採りあげてくださいました。一面識もないのに旧知のごとく句意を汲み取って頂き大変嬉しく感動いたしました。そんなご縁もあり昨年四月に「海棠」に迷わず草鞋をぬぎました。今は東京に句会も立ち上がり新しいお仲間とご一緒できとても幸せです。本句集を一つの区切りとして矢野先生の許で心機一転励む所存です。

本書を編むにあたって、ご教授頂く前の作品にもかかわらず先生は快く監修をお引き受けくださいました。ご多忙のところ出版社の斡旋から選句や校正のみならず帯文までお書きくださり、多大のお世話になりました。心から感謝いたします。

また、ふらんす堂さまには親切丁寧な校正と装幀の考案を重ねていただき満足ゆく仕上げをしていただきました。ふらんす堂さまにお願いして本当によかったと思います。厚く御礼申し上げます。

二〇二三年（令和五年）四月

小谷迪靖

著者略歴

小谷迪靖（こたに・みちのぶ）

1939（昭和14）年２月　東京に生まれる

幼少のころ鳥取県東伯郡西郷村（現倉吉市）に疎開。
小学１年から高校卒業まで過ごし、大学入学後は概ね東京都に住まい現在に至る。

2003（平成15）年10月　「やぶれ傘」入会、大崎紀夫主宰に師事
2007（平成19）年９月　「會津」入会、選者榎本好宏に師事
2012（平成24）年４月　同人
2013（平成25）年３月　「會津」終刊
2014（平成26）年５月　榎本好宏主宰の「航」創刊に参加、同人、編集長
2018（平成30）年４月　第一句集『こばしま』上梓
2022（令和４）年３月　「航」退会、同４月「海棠」入会、矢野景一主宰に師事
2023（令和５）年３月　「海棠」同人

俳人協会会員

現住所　〒185-0036　東京都国分寺市高木町3-13-11

句集　むかごの貌　むかごのかお

二〇二三年五月二七日　初版発行

著　者——小谷迪靖
発行人——山岡喜美子
発行所——ふらんす堂
〒182-0002 東京都調布市仙川町一—一五—三八—二F
電　話——〇三（三三二六）九〇六一　FAX〇三（三三二六）六九一九
ホームページ http://furansudo.com/　E-mail info@furansudo.com
振　替——〇〇一七〇—一—一八四一七三
装　幀——君嶋真理子
印刷所——明誠企画㈱
製本所——㈱松岳社
定　価——本体二五〇〇円＋税

ISBN978-4-7814-1548-2 C0092 ￥2500E